漆黒・桎梏

漆黒・桎梏

SHIKKOKU

加藤有希子

水声社

目次

漆黒_{しっこく}・桎梏_{こく}

「先生、このような時代には、もう朝や夕といったものは存在しなくなるのでしょうか」——教室の後ろのほうで誰かが声をあげた——

「君たちはどう思うんだい？」——先生は尋ねた——

「こういう時代には、人は二重の時間を持つべきだと思います。普遍的な時間ともう一つの時間とをです。こんな時代でもやはり朝が来たら、朝が来た、という感慨があります」——誰かが足をぐらつかせながら懸命に答えた——

「すばらしい答えだ」——先生はそう言った——

僕には黒い記憶があります。非常に黒い記憶です。それがあるとすべてが駄目になるような漆黒の記憶です。黒は不思議な色です。それは真に黒に触れた人間にしか知ることはできないでしょう。他の色を混ぜても決して黒を本質的に変容させることはできない。黒はたとえば緑には決して変わらない。黄色がひょんなことから緑に変わるようなことは黒には起こり得ないのです。黒にはそういう免罪はありません。物心ついた頃、僕の前にはすでに黒がありました。僕はそれが世界だと信じていたのです。いや、今から思えば本当はそうではなかったのかもしれません。僕は黒以外の色が他にあることを心のどこかで薄々感づいていて、あの選ばれなかった者だけがぼんやりと見やる秋の白々しい曇り空のように、白濁した重苦しい嫉妬を次第に憎悪に転じていったのかもしれません。

　僕にはわかりません。僕はなぜ僕の半生で黒に触れねばならなかったのか。なぜ僕の体からとめどなく黒い血が流れ出たのか。僕のようにちっぽけな存在に与える道などそれしか無かったのかもしれません。けれどそれはあまりに残酷なことでした。あまりに欲深く、そしておそらく僕自身の卑小さゆえにあまりに美しい理想を抱きかかえて、僕はたしかにこの世に生まれました。

　僕は黒に触れ、その奥深くまで無防備にも全身を浸し、何も見えぬままにそれを貪り食いました。僕はそれを望んでいたのではなかった。貪るたびに僕はそれが自分が欲していたものでないことを臓腑が腐る思いで痛切に味わいました。苦しく孤独で穢れた闇の中に僕はいました。それは巨大な鉄鍋のようにどうしようもなく熱く妖艶な闇だった。焼ける喉から絞り出された叫びはどこにも届かなかった。叫ぶたびに肉体の奥底に流れる血脈は破れ、血と汚物を否応なく吐き出しました。僕は孤独だった。僕を見てくれる人はいなかった。僕の心は膿んでとめどなく血を流し、あまりに何かを欠いていて、何を欠いているのかすらわからなかった。魂に刻まれた貪欲な欲望は、傷跡となって僕をさらなる闇へと執拗に誘いました。その渇望ゆえに僕は腐った底なしの沼へ自らその貧しい身を沈めていったのです。

僕は、ただ深く抱きしめて欲しかった。決して離さず抱きとめて、この肉体と魂のすべてを静かにゆっくり包んで欲しかった。膿んで腐って匂いを放つ僕の肌に躊躇しないで触れてほしかった。誰よりも深く愛してほしかった。そして僕のすべてを信じてほしかった。今から思えばただそれだけのことでした。

いや、それだけのことがいかにこの世で困難であるかを僕は知っています。僕はあるいは人生に対する期待があまりに大きすぎたのかもしれません。どこともしれずこの世に対する身に余るほどの期待を体の芯に刻みつけて、僕は生れてきたのです。人は僕のことを愚かだと言うでしょう。僕はその責め苦を負う覚悟でいます。

むろん負いきれるものでないことは僕自身あまりによくわかっているのです。

　僕の半生は、渇き、求め、迷い、呻き、しかも何をも得られぬ地獄の道のりでした。僕は何に渇き、何を求め、自分がどこにいるのかわからなかった。僕の垂れ流した黒い血は、僕自身では拭いようもなく執拗に纏わりつき、融けた鉄が這うかのように抜け目ない執拗さで僕の肌を穿ち、焼いてゆきました。その傷が疼くたびに、僕は取り返しのつかない罪障が何であったかを思い知るのです。傷は深まりこそすれ癒されることはなかった。僕は何かを求め手を伸ばすたびに自らの傷を無残に切り裂き、その傷跡は幾重にも折り重なっていったのです。

　その失明を漆黒だったとしか僕には形容できません。稚拙な表現をお赦しくださ い。しかし僕はそれを黒にしか譬えようがないのです。それはすべてを飲み込む闇でした。闇は僕の生命を執拗に追跡し、その微かな片鱗さえ奪い去りました。人は僕を欲望のままに生きてきたと言うでしょう。けれど僕が本当に欲しかったものは砂の一粒すら手に入らなかった。求めれば求めるほど魂は渇き、涙は枯れて呼吸は詰まり、僕は口にしたあらゆるものを泥のように吐きだしました。僕の体に流れる赤黒い穢れは鈍い音をたて乾いた土に堕ち、地面を陰鬱に湿らせました。僕は孤独でした。

「生まれてこなければよかった」。人は僕にそう言うかもしれません。しかし、この世に生れて一つたりとも欲しいものを手にしたことのない人間に、そんな勇気などあるでしょうか。僕の傷つき腐った心は自身の醜い存在の死すらも受け入れることができない。僕の魂は落ち葉にねっとりこびりつく泥土のようにいまだに何かに執着し、執拗にその得体の知れぬ何ものかに縋りつくのです。

黒を、僕に流れる黒い記憶を、拭えるものは何かあるのでしょうか。僕にもし夜明けがあるとしたら、それはどんなものなのでしょうか。この黒く腐った僕の血を捨て去ることでしょうか。それともその残虐な黒を一層愛することなのでしょうか。僕の存在にも一抹の希望があるならば、それは一体何だったのか。僕に朝というものがあるとしたら、それは何なのか。

曙光に照らされたところで闇が別の色になるわけではありません。それは消滅します。朝日が射すとき、黒は消滅するのです。闇は光に勝つことはできない。漆黒の闇はすべての色を飲み込みはするけれども、光が一条でも射せばその命は終わります。黒が黒から解き放たれる瞬間です。闇は非常に強い力をもっているけれども、それはひどく無力で受け身な存在なのです。深い闇も、濃密な黒も、その最も強烈なものでさえ、一条の光にすら勝つことはできない。

光は、黒い記憶をもつ僕の存在を消滅させるかもしれません。僕はそんな朝日を愛することができるでしょうか。僕の心は夜明けをあまりに強く望んでいます。しかし僕自身が何より強く欲望するその光に触れれば、臓腑の奥まで灼熱の矢で貫かれることでしょう。けれど、その光に僕は近づきたかった。僕の欲望を切り裂く遠くの美しい星に触れたかった。僕の存在が自らの罪障のうちに露と消えるよりも、僕は光に刺されることを望んだのです。

僕を生み、僕を苛み、僕を呪う光。僕はそれでも、しかしそれだからこそ、夜明けを望んだのです。僕は生まれつきあまりに愚かなのです。黒に触れた弱さにおいて、そして光を望む欲深さにおいて。僕の魂は呪われています。僕はそのようにしか世界を愛することができなかった。僕が自らを痛めつけるとき、世界は美しく輝くのです。

僕はあなたに黒い衣をまとわせたい。黒を知らぬあなたの体に僕の地獄の道行を刻みたい。それはあなたにとても似合うから。僕の黒い布はあなたの輝く肌を一層艶やかに輝かせることでしょう。その黒い布はあなたに触れれば破れるかもしれません。僕がついぞ一人では破ることができなかった呪いを、あなたは一夜にして無に帰するのかもしれません。僕の死と僕の夜明け。

僕は知っています。僕が死んだら泣くのはあなただけだということを。あなたは僕の苦悶とともに歩む。涙はいつしか僕たちの間に橋を架けるかもしれません。それは虹色かもしれません。

最後にひとつだけ告げておきます。漆黒の布が破られる前に、ひとつだけ言いおいておかねばなりません。僕はあなたをかつてないほどに、そしてこれからもないほどに、激しく愛し、激しく憎むでしょう。あなたの命を握り潰して、その輝く肌から溢れる光を貪りたい。あなたの朱色の唇をこの唇で貪り、その最後の一息までも絶やしたい。この世に黒い記憶があるかぎり、影をつくるあなたがこの世にいるかぎり、僕はあなたを渇望する。あなたに闇の衣を纏わせることができるなら、僕の存在が曙光の露と消えてもかまわない。

縦糸——ある男にふりかかった呪い

幾つの時だったでしょうか。まだとても幼かった頃のことです。父がひとつの植物の種を大喜びで持ち帰ったのを今でも鮮明に覚えています。その喜び方がなんといいますか、普通ではなかったからです。父の目があんなふうに輝いたのを見たのは、あれが最初で最後だったようにも思います。あの日、父が我が家に持ち帰ったのは、かつての軍の先輩将校から譲り受けたユーラシア大陸の樹木の種と呼ばれるものでした。その種子は、太平洋戦争末期に日本のある兵士が中国軍部に機密を漏らした報酬に譲り受けたものでした。兵士はその裏切りがもとで日本軍の手で処刑されましたが、種子だけは仲間うちに残されたといいます。第二次大戦中、父は満州にいました。大戦末期に内地の荒野から太平洋岸に向けて陸路を徘徊した父は、陸の際に近づいた折、海辺の暖かい風が育んだあの一本の樹木に出くわしたといいます。ユーラシア大陸で最も美しい植物とすら言い伝えられるその木は、広大な荒野を意識も朦朧と逃げ延びた兵士が、死の際に目にした唯一の希望の灯だったのかもしれません。数千年もの昔、その樹木はかの大陸ではいたるところで生息していたと言います。しかし現代に至っては、大陸に野生している数本をのぞき、若干の種子が其処此処の研究所に保管されているだけとのことでした。あの樹木に対する父の執念はそれはすさまじいもので、戦後の凄惨な惨禍にもかかわらず、帰国後あの木の話ばかりを周囲にしていました。その狂乱半ばの偏執が知らず知らずのうちに誰彼かの耳に届いたのでしょう。父はかつて軍の学校があった瀬戸内海の小さな島を訪れた折、同じ部隊にいた先輩将校に偶然呼び止められました。そしてその数日後、あの種子を持ち帰ることになるのです。

実に不思議なことですが、絶滅寸前とも言われるその稀少な巨木は、我が家の庭先で驚くべき勢いで育ってゆきました。終戦直後に生まれた僕が物心つく頃には、その木は遙か見上げるほどの高さになっていたものです。本州内陸のうらさぶ山あいにあった僕の故郷は、中国大陸の海辺の雄大な土地などとは似ても似つかぬ場所であったはずです。当然ながら、周囲の者はその木の成長や真価に対し当初はなんら注意を払いませんでした。凄惨な戦争体験で精神に異常をきたす帰還兵は当時後を絶ちませんでした。父のあの狂乱半ばの偏執も、そのような精神薄弱の憐むべき兆候として病人の虚言のごとくに受け流されたのです。しかし一年を待たずして、周囲の無関心は驚愕と後悔とある種の忌避の感情に変化しました。もし周囲の者たちがあの巨木を大陸で一目でも目にしていたら、あの種子を僕たちの小さな村に植えるなどという奇行を父に許すことなどなかったのではないでしょうか。

その木は春になるとユウカリのような細く透ける薄い葉を無数にたゆたらせます。その若葉にのせて桜を発酵させたような芳香をわずかに大気に放つのです。しかし樹木を取り巻くその繊細で霞のような空気に相反して、幹は太くごつごつとした溶岩のような風貌をしています。波打つ幹には墨流しのような粘り気のある紋が淡い黒色で幾重にも流れ堕ち、そのどろりとした液体のような表皮が、年に数回、深く切り裂かれるように鈍い音をたててめりめりと割れるのです。それはむち打ちにも似た執拗な傷跡を徐々に刻んでゆき、割れた瞬間、幹の深奥の湿った赤い樹皮が目を刺すように襲って来ました。そこから樹液とも葉脈の水分ともつかぬ匂いを放つ液体が、割れ目を伝い淫らとも言える緩慢さで根元に堕ちてゆきます。その成長のすさまじさゆえなのでしょうか、一度刻まれた深い傷は新たに内部から湧き上がる新しく白い細胞により数年で埋め尽くされ、傷跡はやけどのあとのケロイドのように、表皮の陥没を突起に代えて表面に無数の峯を刻んでゆきます。その傷は決して綺麗に埋め戻されることはなく、外気に向かって勢いよく膨らんでゆくのです。幹に刻まれるその波打つような時間の漂流は、激しやすい残酷さと生命力ゆえにひどく隠微で、折々を通じて眩暈にも似た快楽をその周囲に与えました。

春や夏の厚みのある湿った空気がその木を抱くとき、それは執拗な香気で見る者を惑わしました。大陸にしみ込んだ死者の魂とその血肉の叫び声が、幹の奥から樹液となって絞り出されるかのような妄想を空気に漂わせるのです。無数に伸びて枝分かれする血管のように、その枝々は人の視界を覆い尽くし、その生命力と樹液の香りで見る者を圧倒します。その木を前にすると愉悦に限りなく近い断末魔の叫びが、風で揺れる葉音となって聞こえてくるのです。

嵐のような夏の成長の時期には、その無数の淡い葉は灼熱の太陽に照らされて突如として針葉樹に見まがうほどの濃い緑をたたえます。夏の汗が表皮に現れ出るかのごとくに、葉は蝋を塗ったように黒光りしました。その無数の葉の堆積が蒸し暑い月夜に浮かび上がる様は人を失神させるほどの強烈な存在感をたたえるのです。

「父さんはね、中国で帰り際に見たあの木にずっと憧れていたんだよ」

母は生暖かい夏の夕に、我が家の庭にあるその途方もない大樹を見やって、誰ともなく血の混じるような深い溜息を漏らしたものです。それは年ごとに繰り返されるあまりに美しくあまりに陰鬱な夏の光景でした。夕闇のオレンジと桃色がけだるく混じり、夏の夜の深い青と遠空の闇とが接する時刻に、その木は強く妖しく輝きました。それはひと目見たら決して脳裏から離れない残酷で淫らな光景でした。

秋、その葉は紅葉することなく突然にすべて散り、地面にかぐわしい匂いを漂わせて、ほの白い緑の絨毯を厚く敷きつめるのです。葉は数日を待たずして十一月の木枯らしに乗って飛んでゆきます。乾燥した葉は羽根のように軽く、空気のように軽やかで、熱い季節の淫らさからは想像できぬあまりに透明な印象を残して、ひとつの季節を終えるのです。真に巨大で強力な存在しか持ちえない無関心という残忍さを、その木は存在の芯に持ち合わせていました。初冬に僅かに訪れる晴れやかな日に木枯らしに吹かれて散る葉を見ると、僕は決まって捨てられたかのような激しい焦燥に襲われました。そんなとき、僕はあの大樹の表皮に刻まれた無数の傷に白分の皮膚をなすりつけ血で染めたい衝動に駆られたものです。あの木に僕の存在を忘れさせたくなかった。冬に備え葉を散らすあの木に次の春も戻ってきてほしかった。雪が解けても僕を忘れず見つめてほしかった。それは僕が幼心の奥深くに植え付けた根深く疼くようなある期待でした。

しかし僕の幼い陶酔とは裏腹に、我が家はあの木の成長とともに次第に衰えてゆきました。大戦中に生まれた僕の兄はもともと病弱だったこともあり、あの木が我が家に植えられた直後に病死しました。僕には兄に関する記憶はほとんどありません。しかし死ぬ直前の病床で、まだ小さな少年であった兄が、「こんな気持ちの悪い木は早く切り倒してほしい」と夜中に独り言のようにすすり泣いていたのを今でも鮮明に憶えています。冬の終わりの月光が兄の青白い肌を照らした季節です。夜闇に木蓮の花の匂いだけが春の気配を漂わせるあの時刻に、寝ていたはずの兄の眼が一瞬見開き、その黒く潤んだ瞳が鈍く青白い光を放つのです。

彼は訴えかけるように僕を見ました。いや、責めていたのかもしれません。兄はそのときまだ十歳にも満たなかったはずです。彼と寝室を共にしていた僕は、その部屋でただ独りそれを聞いていました。僕は兄にある種の醒めた好意を抱いていましたが、漠然とした忌避の感情も同時に持ち合わせていたように思います。僕はときどきあの日のことを思い出すと、淡いけれども鈍痛のように執拗な、斥けがたい敵意とやましさの感情を存在の芯に感ずるのです。

僕はすすり泣く兄の背中をさすりました。なぐさめようとしたのか、それとも彼の息の根を止めようとしたのか、僕にはいまだにわかりません。僕はそうすることによって兄の言葉を葬り去りました。月光を通して大樹の影と僕の手が重なった瞬間でした。翌朝、兄は冷たくなっていました。その細い足は朝露に濡れ、周囲のひんやりとした空気よりもさらに冷たく重くなり、その肌に触れた僕は空気に穿たれた大きな黒い穴を見るかのような虚脱感に襲われました。その瞬間、僕は兄の死体と春を待つ大樹という二つの巨大な存在の前で、途方に暮れて立ちすくんだのです。

朝露に漂う炊事の薪の匂いだけが白濁した空気を生命の側につなぎとめる寒い曇り空の朝でした。そのあとのことはよく覚えていません。しかしその日から、僕は涙というものを流すことができなくなりました。

その後、母は幾度か身ごもった兆候を見せたと記憶しています。兄の喪失は母にとって大きなものでした。彼女は明らかに僕よりも兄を愛していました。彼女はもともと存在感の薄い言葉数少ない女でしたが、兄の死後は一層ふさぎ込むようになり、そのような喪失感を埋め合わせるために、幾度か出産を試みたのかもしれません。しかし戦後の栄養不足と心労とが重なり、それらはいずれも死産で終わりました。受胎後すぐに流産したと思われる女児の肉塊が、あの木の下で荼毘に付されたのを僕は記憶しています。兄が死んだ次の年の冬だったのではないでしょうか。僕たちにはもはや寺に嬰児の供養を依頼する金も残されてはいませんでした。肉の焼ける匂いが煙となって、大樹の枝にねっとりと絡みました。それはあの木にふさわしい衣でした。あの灰は翌朝にはきっとあの木に吸い取られたことでしょう。我が家の没落とは裏腹に、その木は一層勢いを増して育っていったのです。

内陸の小さな村落に居を構えた僕の一家は、あの木の存在ゆえに崇められ、懼れられ、そして疎まれるようになりました。すべての者が同じものを持ちつつましく肩を寄せて暮らす貧しい集落の暮らしにあって、あの木の存在自体が明らかに異質な光を放っていたのです。その上まだ若かった僕の父母は、あの木を植えたという奇行ゆえに、戦後僅かに生き残った親戚筋からも疎まれるようになりました。そうして僕の家族は一族内でも集落でも次第に孤立していったのです。我が家に訪れる者と言えば、あの木を遠目から見てふと立ち寄る通りすがりの疎遠な人々か、致し方なく所用で訪れる腰の引けた村の人々だけでした。

戦前、僕の一族は稲作用の棚田と食用と工業用の菊畑をいくつか持ち、農業で生計をたてていました。豪農とは言わぬまでもそれなりの収入があり、安定した経済力を誇っていたといいます。事実、僕たちの家は村の他の家よりも大きく、大所帯でも十分暮らせる広さをもっていました。しかし戦中に多くの男手が死に、両親の父母も大戦前後に老齢と貧困で相次いで亡くなりました。僕の父は末子であったためか親族の責任からは比較的自由で、もともと多血症的な情熱に駆られやすい性格ゆえに、夢を抱いてひとり満洲の地に渡りました。当時父はすでに母と結婚していましたが、満州に母を呼ぶのを待たずして戦況は急変し、命からがら大陸を引き揚げざるをえなかったのです。

逃げ延びた彼は、終戦直後に僕たちの山あいの村に戻ってきました。あの頃は生き残った者が肩を寄せ合いあの家で暮らしたといいます。しかしあの木が育ち始め、我が家のすべてを物理的にも精神的にも圧迫しはじめて以来、父母の兄弟たちはあの家を出ていき、いつしかあの広い家には、父母と病床の兄と僕の四人だけになっていました。ほぼ断絶状態となった親戚に田畑の大半は奪われ、僕たちはいつしか一角の菊畑のみで生計を立てることを強いられたのです。それは非情な仕打ちのようにも思われましたが、もはや働き手を失った僕たち家族にとっては、実際のところ稲作用の水田を管理する余力は残されてはいませんでした。そのため父は毎冬近くの都市に出稼ぎに行き、母は紡織で小銭を稼ぎました。あの木の陰で僕たち皆が次第に生気を奪われ、衰弱していったのです。会話は乏しく、時々おこる些細な諍いすら、その生気のない争いゆえに尻つぼみとなり、幽かな怨恨を互いの心に残して終焉していきました。

狭い村落で孤立を深めた両親は次第に死の際にも似た淫らな絆を深めてゆきました。戦場にある兵士が激しい情欲を抱くように、彼らは夜毎に執拗に交わるのです。幼い僕には、目の前の陰惨な営みが何なのかはじめは知る由もありませんでした。しかしそれは妖艶な樹木が立つあの場所にもっともふさわしい行為であることを子供心にも次第に理解してゆきました。

自ら紡いだ糸で織られたものだったのでしょうか。母はきまって毎夜、どこからともなく、夜闇のなかの蛾の光のような淡くやわらかい布を持ち出して、その中で父と交わりました。母のやせ衰えて貧弱な裸体は、布に透けると艶やかになまめかしく見えました。朝、僕はあの布を見つけ出そうと狂ったように家じゅうを探しまわりましたが、なぜかどうしても見つからないのです。貧しいばかりの痩せた二人の肉塊も、あの布があるとなぜか、あの木の地中奥深くの黒い水脈が夜闇に溢れ出るような崇高ともいえる妖気を湧き立たせました。彼らは夜の帳が落ちるその時刻に、死んだ魚のような瞳を月光で鈍く光らせながら、妄想の中にいるかのように交わりを繰り返していきました。

僕は彼らの交わりを前にして激しい憎悪とともに、執拗でやり場のない怨恨と嫉妬を育てていったのです。あの圧倒的な樹木の前にあって、あの大地の黒い反吐を吸い上げて美しく輝き続けるあの木の前にあって、あの木が呼び出す黒く強大な世界とその強烈な光り輝く生命力と隣り合わせの僕たちは、恥辱にまみれた敗北の体液と嗚咽を漏らすしかなかったのです。僕はいつしか両親の交わりを見て、毎夜精を漏らすようになりました。僕にはその欲望を抑えることはできませんでした。僕の情欲は憎しみと同化したような黒い体液を吐き出しました。咲き乱れる盛春の桜に纏わりつく毛虫のように隠微な臭気の精液と、それを絡める泥沼のような土によってしか、僕はあの崇高な樹木に連なることはできませんでした。あの木を育てた僕たちの庭土には、荒野の砂のような残酷さも潔さもありません。待ち受け、とらえ、臭いを放つ土という存在は、僕たちという影の存在に似つかわしいものに思われました。

＊

僕が両親の交わりに情欲するようになってから一年を経ないうちに、父は次第に激しい奇声を上げるようになりました。その時期から、僕は父が交わっているのは母ではないことに次第に気づき始めていました。最初、母は奇声を上げる父を裸のまま抱きかかえ、必死でなだめようとしていました。しかし次第にそれが憑依に似た死の再演であることを理解すると、彼女は交わりのあとの放心したうつろな目で父の裸体を見やり、父が断末魔の叫びを終えるのをじっと見つめるようになりました。僕は母に幼少の頃からいわく言い難い執着を覚えていました。彼女は僕にひどく似ていたのです。その存在感の薄さにもかかわらず、執拗な貪欲さをうちに秘めた彼女は、受動的な欲深さで僕自身の醜さを目の前に晒しました。僕は彼女を見ていると、自分を鏡で見つめるような引け目を感じました。布から離れた彼女の裸体を見やるとき、僕は人間の肉体に対するどうしようもない憎悪を抱かざるをえませんでした。

僕はなぜあんな醜い肉の塊から生まれ堕ちねばならなかったのか。父の貧乏ゆすりのような虚しく貧弱な腰の揺れと、そのあまりに卑猥な動きを是が非でもつかみ取ろうとする母の欲深い臀部の深く黒い穴に対して、激しい憎悪と落胆とを覚えました。人間の交わりほど汚く、絶望的で、恥辱にまみれたものを僕は知りません。しかし、僕はそこから決して逃れることができないことを知っています。そこに刃物があったら、彼らをその場で切り裂いていたことでしょう。僕はおそらくその黒い絶望に欲情しました。僕は自分のこういう甘さと稚拙さが、陰惨さに他ならないことを知っていました。父は僕のその残虐で嫉妬に満ちた幼稚さの粘液を吸い取るかのように、母の貧しい肉体に吸い取られていきました。奇声は続きました。父が交わっていたものは、彼が殺した人間なのか、大陸で死んだ人間なのか、それとも何か全く別のものなのかはわかりません。時には女であり、時には男であり、時には子供でした。父は何かに代わり、狂気のごとくに叫び続けました。僕はそのとき、自分の目の前が漆黒の暗闇であることに生れてはじめて気づいたのです。

*

しかしあの木に対する僕の愛着はなぜか衰えることを知りませんでした。僕にとって、それはかつて幼少の時に抱いた単純な憧憬ではもはやありえなかったものの、怨恨と恐怖と畏敬と憎悪とが入り混じる熟しすぎた果実にも似た奇妙な甘さをたたえるようになりました。そして決して口には出さなかったものの、おそらく父母もまた、僕と同じ気持ちを抱いていたのではないでしょうか。あの木は僕たちを否応なく衰えさせ、しかし同時に僕たちの命をどうしようもなくこの世に繋ぎとめていました。すべてを奪われた僕たち三人の生きがいは、まさしくあの木の圧倒的な美しさにありました。非常に希薄な絆の家族でしたが、僕たちはあの木の美しさを存在の奥底で認めているというただその一点のみで、この世で決して分かち合うことのできない稀少な糸を持ち合わせていたのです。僕たちを繋ぎとめているのはその細く残酷な一本の糸のみでした。卑小な僕たち家族三人は、自らを爆撃した戦闘機になおもすがりつくかのように、生命の魅惑の逆説的な虜となっていったのです。

＊＊

そんな折、僕たちの間にかつて経験したことのないある不穏な空気が漂うようになりました。それが正確にいつ始まったのかはわかりません。しかし、ある日突然、長らく続いていた父の奇声が止んだのです。それは本来は歓迎すべきことなのかもしれませんが、父の断末魔の叫びが僕たちとあの木との存在をかろうじて繋ぎとめていたことを直感的に理解していた僕は、その不気味さの意味を肌で感じ取っていました。そのころから父と母は交わりに布を持ち出すこともなくなり、しかも交わり自体が次第に減っていきました。しかしそれは健全な方向への移行というよりは、もっと奇妙で危険な場所への道を穿つことでした。

欲望のやり場を失った僕たちは、言いようもない絶望感に襲われました。そしてあの木に対して、空恐ろしい恐怖心を抱くようになったのです。あの頃からでしょうか、僕は毎夜、菊畑のなかで自分が後ろ手に縛られ、泣きじゃくる夢を見るようになりました。泣けば泣くほど僕を縛る綱は幾重にも重なり、そして僕はその中でしばしば精を洩らすのです。欲望に喘ぐ僕の横で、母は毎夜聞こえないほどの小さな声で呟きました。

「あの木を伐りましょう、あの木を伐りましょう」

その言葉を聞くたびに僕は夢の中で卒倒し、そして決まって目を覚ますのです。

＊＊

あの言葉は夢の中で発せられたものなのでしょうか、それとも僕が寝ている横で呟かれたものなのでしょうか。僕はその言葉を聞くたびに、母への憎悪を滾らせていきました。むろん僕たちはあの木にすべてを吸い取られて、死霊のような生活を強いられていたのですから、母の忠言は当然のことではあったのでしょう。しかし、僕は母の言葉を夢の中で聞いて以来、いわく言いがたい焦りを覚えていました。理性ではあの木は僕たちのような卑小な存在にとって、害悪以外のなにものでもないということは理解していたのです。しかしそれは、そんな表面的な利害では理解できないことでした。

僕は心の中で激しく父母を叱責しました。「お前らなんてあの木がなかったら虫けらほどの価値もないのだ」。それはまぎれもなく僕自身に向けられた言葉でした。僕は言葉を呑みました。呑まざるをえなかった。父と母も結局は僕と同じだったのではないでしょうか。その頃から僕たちは、自らの存在の核がなくなるかもしれないという底なしの不安に身を竄すようになったのです。あの木を切らなかったら、僕たちは恥辱にまみれて死ぬでしょう。しかし、あの木を切ったとして、僕たちがどうなるというのでしょうか。僕たちは、あの美しい木を失うのです。この惨めな僕たちはそれでも生きていけるというのでしょうか。

「あの木を伐りましょう」

いったいこの忌避の言葉を誰が最初に口にしたのでしょうか。母なのか、父なのか、僕自身なのか、それとも夢なのか。そもそもこの言葉は実際にどこかで発せられたことなど一度だってあったのでしょうか。しかしあの木を伐るという無言の観念は、僕たちを夜闇の水紋のように冷たく執拗に襲いました。

＊＊

不思議なことですが、僕たちの奥深くに眠るあまりに黒く深い動揺は、僕たちが一言も発することのないままに、次第に村のものにも伝わっていったのです。なにか不穏な謀を互いに耳にしてしまったかのように、集落全体にある種の緊迫感が走るようになりました。そして村のものたちは、かつて僕たちの奇行を軽蔑のまなざしで見つめてきた以上に、木を伐られるという不安を前にして、僕たちに無言の敵意をつのらせていったのです。

　ともに生きるということは何なのでしょうか。そして僕たち村人という卑小な存在にとって、あの木は何だったのでしょうか。僕たちはどうしようもない苦悩をともにしました。あの木の存在が、生きることであり、憎しみであり、また希望でした。僕たち家族はあの木のおかげで疎まれましたが、しかしいったいあの木がなかったとしたら、僕たちはあの村に生きることなどできたでしょうか。僕たちは、本当のところ、あの木を植えるためにあの村にやってきたのかもしれないのですから。

＊＊

　村のものは相変わらずの無関心を装いましたが、あの木を伐るという観念が僕たちを襲うにつれ、しだいに集落の空気は重苦しいものになっていきました。そんな折、村の神主が突然に尋ねてきて、あの木を伐ることをしきりに止めるのです。

彼はあの樹木にまつわる伝説をゆっくりと語りだしました――数千年もの昔、中国にはある不吉な絶滅の物語がありました。長江に沿う肥沃な土地に強大な勢力を保っていたある部族の王が、あの樹の美しさに魅せられたといいます。そして夭折した自らの息子を象る人形を、その樹木の幹でつくらせたのです。しかしそのころから王の一族は皆次々と不思議な死を遂げるようになりました。その死体にはきまってあの大樹の樹液の鼻を突く芳香が血の匂いと混じり、あたりを幽かにたゆたっていたといいます。一族皆がそのようにして死に至りました。そして最後に父である王一人が残されましたが、その王も石橋の架かる美しい庭で死んでいるのが見つかったのです。王は裸でした。そしてその傍らには、美しい樹木で彫られた息子の人形がありました。その人形には王の精水がべっとりとついていて、人形の口は王の血で染まっていたといいます――そこでその村の神主は少し息をつきました。そして彼は悪意に似た艶やかさであまりに静かに言ったのです。

「あの木を切るのは、おやめなさい」

僕はいまでもあの神主の声を忘れることができません。あれは呪いの声なのか、祝福の声なのか、僕には知る由もないのです。彼の粘り気のある皺が、村社会というものの因縁をいやおうなく化肉していました。彼はどうしようもなく正しく、そして罪深いほどに強い人間だった。彼には言葉を妖力にする不思議な力がありました。それは非常に不思議だけれども、この小さな集落ではおそらくは誰でもが持っている、最も邪悪で、最も深遠な、大地の最も深い泥炭のもつにぶい熱のような言葉だったように思います——おやめなさい——その瞬間、誰もがもはや逃れようのない掟破りの網の目のなかに絡め捕られるのです。

あの大樹に命も体液も吸い取られていた僕たちですが、しかし僕たちはあの言葉によってさらに深い闇の奥へ堕ちていったのです。そこは底の見えない泥沼でした。しかし僕はその神主の制止に方向を失うような不思議な安堵を覚えました。

＊＊＊

事件はその晩起こりました。それは七月の嵐の晩でした。外で猫の鳴き声ともつかない奇妙な動物の声がしました。不審に思い外を見ると、母が暴風雨の中で一人、一糸まとわぬ姿で立っていました。彼女の病的な裸体は、雨と風に打たれて白く死体のように浮かび上がり、その肉体はわき目も振らず大樹の幹にまっすぐに向かいました。そして彼女はそのさもしい胎を幹にこすりつけ、この世のものとは思われない醜い声を上げたのです。

彼女の乳房や腹は夏の熱い雨にぬれてどろどろとした樹皮に纏わりつき、その幹の前で不自然に揺らぎを繰り返しました。僕は臓腑が煮えくりかえるような激しい憎悪を覚えました。彼女がそのままそれを続けていたら、間違いなく僕は彼女を殺していたことでしょう。しかし母は絶頂を迎えると、その荒れる呼吸を全身にたぎらせて、手に持っていた斧でその大樹の幹に切りつけたのです。それは彼女の貧弱な肉体からは想像もできない激しい一撃でした。むろんいかなる人間の力をもってしても、その木が動揺するなどということはありえませんでした。一人の女が幹に刃物を入れるなど、まさしくばかげた抵抗でしかなかったのです。

しかし母があの美しい幹に刃物を入れた瞬間、僕の意識が遠のきました。僕は何が起きたのかわかりませんでした。その時、我が家に突如雷が落ちたのです。信じられないことに、あの空まで届く高い木にではなく、その下でもはや影も形も失ったような我が家に雷が落ちたのです。木造の旧家はたちまちにして炎に包まれました。

父は飛び起き、幹の刺さる斧を見て震えあがりました。次の瞬間、彼はかつて見たこともない戦慄の表情を全身にたぎらせ、「誰がやったんだ」と激怒しました。風雨と灼熱でもはや存在の根拠を失いつつあった僕たち三人は、その場違いであまりに本質的な問いにしばらくのあいだ言葉を失いました。それは僕たち三人の間では、決して口にしてはならない究極的な問でした。しばしの沈黙の後、母は静かにいいました。

「息子がやった」

暴風雨のなかで、その一言は静かに響きわたりました。僕はただ茫然として、嵐の中で燃え盛る家を逃げるようにして後にしました。何一つ思い通りにならぬままに外の世界に投げ出されたのです。十四の灼熱の夏でした。

横糸——男をめぐる物語

僕は白くぶよぶよとした肌をもって生まれました。あの樹木の赤銅色の生命力あふれる幹とは異なり、僕の肌は生気なく、若いうちから疲れたように弛んでいました。僕は自分が非常に欲深い存在であることに気づいていましたが、その欲深さや生命への暗い渇望は、僕の肉体を通じて正当に表現されることはありませんでした。むしろ僕の肉体は誰よりも深い貪欲を隠すために与えられたものとしか言いようがありません。僕はむしろ自分自身の欲望で自己の肉体すら蝕んで、泥のように肉体を溶かしていったのかもしれません。しかし僕には他人の肉体を吸い寄せる不思議な力が備わっていました。それはカリスマと言われるような光輝く魅力ではなく、夏の夕の淫らな湿気が人肌を惑わせ密かに闇に引きずり落とすような力でした。

燃え盛る炎を後に家を飛び出したあと、僕は隣村の布師の丁稚として住み込みの修行を始めました。もとより僕に選択肢などありませんでしたが、布だけは僕でも織れるような気がしたのです。僕には布の記憶がありました。布の中で悶える肉体の記憶は、僕の半生そのものでした。僕の人生に布を織る以外に道など残されていたでしょうか。大樹は僕に布師の道を与えたのです。

僕は毎夜、昼の仕事とは別に自分の愉しみのために布を織るようになりました。長年、父母の交わりを見て日々を過ごしたせいでしょうか、僕はほとんど眠ることを知りませんでした。父と母があの交わりに用いていたような繊細な布を求めて、僕は来る日も来る日も織り続けました。僕の機織としての力量は目覚しい勢いで上達していきましたが、決して一度たりとも満足したことはありません。あの絹糸がもつ独特の拒絶感、表面を上滑りするような冷たさに、僕は自らで自らを拒絶する何らかの結界を織りあげていたのかもしれません。そして布が一枚仕上がるたびに、僕は肉体を求めて町へ出るのです。

僕は女を知りません。僕が交わったのはみな男でした。僕が寝たのは男色家とは限りませんでしたが、男たちはひとたび僕の体に触れると、抵抗することをやめて声を失い吸い寄せられていくのです。それは幽霊のような得体の知れない存在に襲われたものがその不気味な妖力に屈し、うなだれて身を任せるかのような仕草でした。僕は相手の体に溶け込むように抱くことができました。僕に抱かれる肉体はみな重く暗い淫らな声を洩らして、僕に欠けている何ものかを刹那に与えてくれるのです。僕は僕の体に執着しました。しかし僕の存在は満たされなかった。多くを惑わせ、多くを闇に葬り去った僕は、生涯その償いを完遂することはできません。自分の手から流れた黒い血を拭い去るすべを僕は知りません。

僕は自分が交わった男たちを殺しました。布が仕上がるたびに一人殺しました。そしてその死体を布に包んで、奥深い森の、地中深くに埋めたのです。僕は男たちの肉を貪り、血を飲みました。そして残った肉塊を地中に埋めました。僕にはわかりませんでした。僕にはどうしてもわからなかったのです。僕がなぜあんなに多くの男を殺さなければならなかったのか。けれど僕は殺さなければならなかった。殺されなければ生きられなかった。そして僕は、影であるにもかかわらず、生きなければならなかった。僕はなぜ自分が生きなければならないのかがわからなかった。

＊＊

十年余りの修行を終えようとしていた二十六の春、師匠は僕に一枚の麻の布を織らせようとしていました。彼はある粗雑な布の切れ端をどこからともなく持ってきたのです。模様もなく目も粗く、ただ茫漠とした布でした。僕はあんな無骨な布を一度だって織りたいと思ったことはありませんでした。当時僕は、父が持っていた布の方がずっと美しいと思っていました。僕はただ激しい憤怒と疲労に襲われ、言葉を失いました。

「お前はこの幸運の意味をいずれ知るだろう」

師匠はひとこと僕にそう言いました。僕の魂は、その瞬間微かな熱を帯び始めたのです。気がつくと僕は夜を徹して布を織っていました。彼のもとを去ったとき、人はいつしか僕を先生と呼ぶようになりました。

＊＊＊

工房を去ったその夜、僕は夢を見ました。長らく葬り去っていたあの木の夢です。それは雷雨の夜でした。深い闇夜が一瞬、真昼のように明るくなり、生い茂る一枚一枚の葉の緑が、その葉脈すらもくっきりと見せるようなすさまじい稲光でした。

夜の闇に、真夏の正午の太陽のような青い光が一条、走ったのです。次の瞬間、雷に打たれた大樹はすさまじい勢いで燃え盛りました。この世を切り裂くパチパチという脂ぎった音が世界に鳴り響きました。雨はいっそう激しく降り盛り、熱を帯び石炭のように黒く硬くなり叫びをあげる幹にたたきつけました。

僕は激しく動揺しました。僕は泣いていました。目を覚ましたとき僕は泣いていました。若いころから泣くことを忘れていた僕は久方振りに泣いたのです。僕は、何かを忘れていたのです。何かとても重要なことを忘れていたのです。

裏——淡く、厚みのある、誰かの記憶

「ねえ、あの海を覚えている？　あの青い海を。足を浸すと重くたゆたうあの真っ青で深い海を覚えている？　あのどうしようもないざわめきみたいな音をあなたは覚えている？　わたしたちのからだをともに包んで、けっして離すことのなかった、あの不安にも幸福にも似たあの波の音を覚えている？　わたしたちは幸福だった、その幸福に気づかぬほどに。わたしたちは守られていた。わたしは知っている、世界がわたしたちを愛していたことを、人の声にも似たあの水の音を、波の重みを、水の深さを。わたしたちが生まれ、そして還って

いくあの冷たく暖かい海を覚えている？　わたしたちが夢中で泳いだあの海を――ねえ、わたしたちはあの海がなかったら、恋をしていたかしら？　あの海がなかったら、わたしたちが出会うことはあったかしら？」

阿・おんな

わたしはある日、よくわからない病に倒れた。それは何か空虚で薄っぺらい影のようにも思えたし、底知れない強大な悪意にも思えた。それは空から降ってくる何かの予兆のようなものでもあったし、地の奥底から這い上がる亡霊のようでもあった。病に伏したわたしには、一つだけ秘密があった。それは病に倒れてから毎晩スミレの夢を見続けていることだった。透明か不透明か区別のつかないほどの濃い青と赤が合わさるあの深い色合いが、闇の中でぼんやりと光る。そしていつも暗すぎてよく見えない。そこで目が覚める。わたしはそれだけはあなたに言ってはいけない気がしていた。それを言うと、世界が終ってしまう気がしていた。わたしは世界を終わらせないために、その秘密を守った。わたしはその一点だけのために、あなたに決定的な不義を働いていた。

叶・おとこ

僕は君を愛していた。それはある海辺の町の淡いけれども深い愛だった。僕は自分と君との区別がつかなくなることがよくあった。僕は君の中を泳いだ。自分という存在すら知らぬままに、そして何かの記憶をたよりに、君の中を泳いだ。でもそれは何の記憶だったのだろう。僕は君の中を泳いでいるそのときに、溺れ死んだ。そう、溺れ死んだんだ。それは僕の死だったが、しかし絶望とは異なる何ものかだった。死んだあとも、僕には自分が生きている気がしていたし、僕は君とつねに対話している気がしていた。僕らはあの海にどうしようもなく守られていたんだ。あの海を通じて。死が引き裂いたかに見える僕らの間の糸は、あの重い水のなかに溶け込んで、交じり合い、そして魚のように水中をたゆたった。そうだ、僕は死んでいなかったのかもしれない、僕にはそう思えた。

阿・おんな

わたしは自分の存在の狭間を覗き見たその日、何よりも深い紫色のスミレの夢を見た。わたしはその日、この秘密を守るために、死ななければならないと思った。わたしは波の音を聞いていた。あのスミレよりもいっそう深い色の水がはじける音を聞きながら、わたしは命が奪われるのを感じた。これ以上、わたしには秘密を守ることはできなかった。なぜなのかわからない。でもあなたには絶対にこのことを言ってはいけない気がしていた。だからわたしは死を選んだ。わたしはあなたを愛していたから死を選んだ。わたしの死は、秘密の吐露と同じだった。もしかしたら、

料金受取人払郵便

綱島郵便局
承認
2334

差出有効期間
2025年12月
31日まで
(切手不要)

郵便はがき

223-8790

神奈川県横浜市港北区新吉田東
1-77-17

水声社 行

御氏名(ふりがな)	性別 男・女	年齢 才
御住所(郵便番号)		
御職業	御専攻	
御購読の新聞・雑誌等		
御買上書店名	書店	県市区 町

読　者　カ　ー　ド

お求めの本のタイトル

お求めの動機

1. 新聞・雑誌等の広告をみて（掲載紙誌名　　　　）
2. 書評を読んで（掲載紙誌名　　　　）
3. 書店で実物をみて　　4. 人にすすめられて
5. ダイレクトメールを読んで　　6. その他（　　　　）

本書についてのご感想（内容、造本等）、編集部へのご意見、ご希望等

注文書（ご注文いただく場合のみ、書名と冊数をご記入下さい）

[書名]	[冊数]
	冊
	冊
	冊
	冊

e-mailで直接ご注文いただく場合は《eigyo-bu@suiseisha.net》へ、
ブッククラブについてのお問い合わせは《comet-bc@suiseisha.net》へ
ご連絡下さい。

わたしがあのスミレのことをあなたに打ち明けていたら、病に倒れることすらなかったのかもしれない。けれどわたしがあのスミレの秘密をもたなかったら、そもそもあなたに会うことなどあったのかしら？

吽・おとこ

僕は君に海を見せたかった。この世界で最も美しい海を見せたかった。深く遠い真っ暗な闇と、すべてを蒸発させるようなすさまじい太陽が出会うあの美しい海を見せたかった。僕は君を愛していた。だから、その瞬間、僕は目の前の海に身を投げた。その日、君にあげるために路端で摘んだスミレの花を手にして。僕が生まれた碧い海に。深く碧い僕の場所へ還るために。

表――ベロニカの挑戦

春に師のもとを去って数か月が経ちました。ささやかながら、客の依頼に合わせて自分の布を織りだしていた頃でした。僕は師のもとで最後に織ったあの茫漠とした麻布の向こうに、なにか人のような気配を感じとるようになりました。その人影は、僕が殺した無数の男たちとともにあるようでした。最初、それは曖昧模糊としていましたが、存在の奥底から湧き上がる根源的な叫びのようなものをそこから発していました。そして日に日にその人影は、はっきりとしたかたちを帯びるようになりました。

布の向こうにその気配を感ずるようになったその日から、僕はある種の不思議な満足感を覚えるようになっていました。どういうわけか、僕の心をうがち続けてきた穴が、次第に塞がりつつあるような気がしてきたのです。それは布師の丁稚を終えるときに覚えた微かな魂の熱にも似たものでした。僕はその布を介して見えるあの異質な存在に対して、今まで感じたことのない興味を覚えるようになりました。

最初の頃、その人影の輪郭をはっきりと見定めることはできませんでした。しかしそれはそこに確かにあったのです。そしてそれは僕とは異なる存在でした。僕は半生を通じて何かに本当に関心を持つことはありませんでした。僕は学を持たない職人にしては多くの物事を知っていたようにも思います。しかしそれは純粋な関心から得た知識ではなく、僕の生まれついての劣等感が、僕の居場所を外の世界へと向かわせたのです。僕は自分の存在が虚無であるがゆえに、僕の心を外に求めました。家に帰れないがゆえに、僕は仕方なく外の世界の知識を貪り食って暮らしていたのです。しかしその時だけは違いました。僕は布の向こうにある魂の塊に触れてみたかった。その日から、僕の人生は、ある幸福な者しか感じることのできない不思議な熱を帯び始めたのです。

その存在の塊は、どうやら僕と同じくらいの年の少女でした。彼女を少女と呼ぶことをお赦しください。むろん僕はその時二十六でした。ですが僕にとって彼女は、その成熟した体にもかかわらず、まだほんの子供のようにしか見えなかったのです。彼女はどこか南の海に住んでいるようでした。僕には彼女が同じ国に住む人間なのか、そうでなかったのか、そもそも彼女が現実に存在していたのか、そうでないのかすらわかりませんでした。彼女は黒い眼と黒い髪と黒い肌をしていました。僕の布越しの視点は彼女に集中しており、周りのものは魚眼レンズの端くれのように、ほとんど何も見ることはできませんでした。

僕には彼女の考えていることが、手に取るようにわかりました。いや、彼女がわからないことすら僕は知っていたとすら思えるのです。僕は彼女の心の声が聞こえました。それは自分のものではありませんでした。当初は単なる妄想だと考えていました。僕はすでに数え切れないほどの命を刃にかけた人間です。いつどこで亡霊や狂気に囚われて、命を奪われてもおかしくはありません。しかしこの少女との出会いは少し違ったように思います。僕は彼女を布越しに見るたびに、心に安堵をおぼえるようになったのです。

その頃から、夜な夜な外に出ることも、無為な交わりと血の供犠に手を染めることもなくなっていきました。そして僕はその頃から、人並みに眠れるようになったのです。思えば兄が死んでから、僕は本当のところ眠りらしい眠りに落ちることはありませんでした。しかし布越しのもう一つの世界をみると、僕の肉体が欠いていた温かい空気がどこからか流れてくるのです。そんな日は、僕は深い安堵につつまれて独りで眠りにつきます。そして海の夢をみます。あの少女が暮らしている、闇とも見まがうほどの強烈な青をした海に行くのです。

僕は彼女が寝ているところを見るのが好きでした。彼女はじつにすやすやと寝ていました。とても幸せそうだった。僕はそれを布越しに眺めるだけで、大変な安堵を覚えました。僕がついぞ一度も手にすることのなかった、やすらかな眠りがそこにはありました。僕は布越しに何度となく彼女を抱きしめました。それは男が恋人を抱くようなときもあれば、猫がわが子を舐めるようないたわり方をすることもありました。僕はあまりに多くの肉体と交わって来ましたが、おそらくそれまで恋をしたことは一度もありませんでした。

彼女は全く気づいていないようでしたが、僕は布越しに何かの空気を感じ取ったあのときから、ずっと彼女とともに生きてきました。いや、もしかしたらもっと前からなのかもしれません。僕が人の血を貪りあの布を織っていた時からずっと、彼女が傍らにいたのかもしれません。あのさもしい山あいの不幸な家にいるときから、僕は彼女と一緒にいたのかもしれません。

僕はあるとき僕自身が彼女の身代わりになる能力があることに気付くようになりました。たとえば彼女が足をくじいて痛そうにしているとき、僕が自分の足をさすると彼女はなぜだか急速に痛みがひいたような様子になるのです。とはいえ彼女の生活は実に静穏で単純なものでしたから、僕の出番はそう多くはありませんでした。

彼女は優しそうな両親と善良な人たちに愛しまれて育っているようでした。僕がずっと欲しくてもついぞ手に入れられなかったものを、彼女はすでにもっていました。けれど僕はなぜだか彼女には嫉妬しませんでした。僕は彼女が幸せそうにしているときが、なによりも嬉しかった。僕は彼女の喜びもまた自分のものとして感じることができたのです。彼女は何一つ不自由のない美しく愛に満ちた生活をしていました。

僕は、来る日も来る日も彼女のために祈りました。すべてをもっている彼女のために祈ったのです。ただ僕は彼女にだけは幸せになってほしかった。僕はただ「彼女の思い通りになるように、彼女にふさわしくないものを近づけないように、彼女が道を誤らないように」と毎日ひたすらに祈るようになったのです。祈るとき、僕は不思議なことに目を閉じました。布越しに彼女が見えるにもかかわらず、その姿を見ることが何よりの楽しみであったにもかかわらず、僕は目を閉じて、彼女の無事を祈っていたのです。

日が照っている間、彼女に話しかけてもほとんど何も答えてはくれませんでした。彼女は僕の目から見れば、ただ楽しそうに生活していました。しかし夜に僕が話しかけると、次第におぼろげながら、何かを答えてくれるようになりました。そして驚くべきことに、彼女は最初に僕にこう言ったのです。

「たすけて」

その瞬間、彼女はいつも決して見やったことのない布のこちら側のほうに目を向けたのです。それは僕が彼女を布越しに見るようになってから、すでに一年以上の時が経過したある春の夜明けでした。僕は彼女にこっちを向くように必死で叫び、布を引き裂かんばかりに両手を差し伸べました。すると彼女の右の掌は僕の左の掌に、彼女の左の掌は僕の右の掌に重なりました。僕たちの掌は、布越しにかすかな熱を帯び始めていました。

「誰なの？」――目を覚ました彼女は、ついさっきまでの会話を忘れたかのように、焦点の定まらない瞳で問いました――

「愛してる」――僕は自分が誰なのか、その瞬間理解したのです――

「え？」――彼女は不思議そうに聞き返しました――

僕はもう一度、念を押しました。

「愛してる」

襞——手紙、とても多くの

——僕は君にずっと手紙を書きたいと思ってきた。星のようにたくさん、そして蛇のように執拗に。手紙は、無力で、それだからこそ僕の思いが込められたものだ。僕はどうしようもない僕の無力を君へ伝えたい。君は手紙というものが何なのか知っているのだろうか。そんなことを考えたことはないのかもしれない。でも僕が察するに、それは君が最も欠いているなにものかなんだ。それは君がその美しさゆえに奪われたなにものかなんだ。君自身は気づいていないかもしれない。けれど君はずっと手紙を欲しいと思ってきた。すごく長い間、たぶんこう言ってよければ、僕たちが生まれるずっと前から。僕はそのことを知っている。君も本当のところはそのことを知っているんだ。そんなのんきな顔をして。そして敢えて言う。それは僕にしか絶対に知りえないことなんだ。この手紙を君に書ける僕にしか、それは絶対に知りえないことなんだ――

その日から、僕はあの生まれ育った大樹のある庭に毎夜走るようにして帰りました。あの樹の葉を一枚一枚拾いに行くためです。それは深い闇の中でしかできないことでした。僕にとって、あの木に再び白昼のもとで対面することは、すでに血に染まった僕の存在そのものを壊滅させることを直感的に感じ取っていました。闇の中でもむろんその危険はありました。しかし僕はかつて感じたことのない底知れない歓喜を味わっていました。命などどうでもよかったのです。それは狂喜でした。僕の存在の芯を揺るがすようなその喜びだけが、この恐るべき帰還を可能にしたのです。空に細い三日月がうっすらと浮かんだ春の夜、木はその無数の新緑で深い青の存在を夜闇に浮かび上がらせ、僕の燃え堕ちた家はその片隅で灰となっていました。

あの家の後に、新しい家屋は建っていないようでした。父と母がまだ生きていたのか僕にはわかりません。しかしそんなことは僕にはどうでもいいことのように思われました。僕は沸き立つような歓喜に踊っていました。僕はそのとき、何かを手に入れたのです。僕は毎夜毎夜、ただ一枚の葉を摘みに行くために数里の道を駆け抜けました。あの星空の道行は美しく希望に満ちていました。そして僕はその道行で、毎夜一枚の葉に何を書くべきかに思いを馳せたのです。葉は摘んで数時間の新鮮な間しか、文字を刻むことはできません。

最初の夜、僕はこう刻んで、それを丸めて布の間から向こうの世界に投げ入れました。

「青く深い海」

彼女からは海の匂いが漂っていました。僕はそれをあの布越しに追い続けてきたのです。空よりも色濃く、そして他の何も真似できない深海までも続く厚みをもつ青です。

僕がその柔らかい葉を投げ入れると、それは向こうの世界でふわりと浮いて、彼女の若い肌を僅かにかすめて床に堕ちました。彼女はあいかわらず気持ちよさそうに眠っていましたが、口元をかすかにほころばせたかと思うと、目を閉じたまま、その葉の方にゆっくりと体を向けました。そして次の瞬間、彼女はうっすらと眼を開けて、ゆっくりと息を吸い込むと、夜闇に静かにこう答えたのです。

――わたしもあの海を憶えている――

僕は言葉を失いました。僕にとって、これはもはや狂喜という言葉で表し尽くせる域をはるかに超えていました。全身が生まれて初めて本当の熱を帯びたような気がしたのです。その夜、僕は歓喜にうちふるえて、もはや何も手には付きませんでした。そして、次の夜も、あの葉を摘みに走ろうと心に決めたのです。

次の晩、僕は再び夜闇を数里走り終えたあと、あの大樹の葉にこう刻んで、布の向こうに投げ込みました。

「君は何が欲しいの？」

すると少女は答えました。

――あなたの秘密――

＊

わかった。じゃあ教えよう。君だから僕は口を開くんだ。僕は再び闇夜を走りました。

「僕はあなた以外の人間と交わった」、僕はそう葉に刻みました。

――それはあなたの本当の秘密じゃない――

「僕は男たちを殺した」、次の夜、僕はそう葉に刻みました。

――でもそれはあなたの本当の秘密じゃない――

「僕は兄を殺した」、その次の夜、僕はそう葉に刻みました。

――でもそれはあなたの本当の秘密じゃない――

「母は僕を裏切った」、そのまた次の夜、僕はそう葉に刻みました。

――わたしもあなたを裏切った。でもそれはあなたの本当の秘密じゃない――

「僕とあの海へもういちど行こう」、ついに最後の夜、僕はそう葉に刻みました。

――泣かないで。あなたはまだ本当のことを何一つ言ってない――

「僕の生まれた庭には一本の木があったんだ」

破——生きる、東の海に

僕があの究極の秘密を打ち明けたあと、僕たちは交わりました。とても深く。あまりにやわらかく。そして僕は言いました。

——君はあの木に少し似ている。僕の存在を生かしも殺しもする、あの木に君は似ているんだ——

彼女はただ甘く暖かい沈黙で僕の顔をぬらしました。彼女は泣いていました。

——ねえ、わたしのこと残酷な人間だと思う？——

——僕は君がスミレを持っているって、僕からもらったスミレを持っているって、ずっと昔から僕は知っていたんだ——

そして布は破れました。布の裂け目からは美しく鮮やかな海が垣間見えました。この深い青になら、僕は呑まれてもかまわない。それは仕方のないことでした。それを誰より望んでいたのは、この僕なのですから。

先生の懺悔、あるいは黒地に黒

「ひとつだけ最後まで言えなかったことがあります。僕は幼い頃にあの木と交わりました。僕は早熟な子供でした。まだ性が何かも知りえない頃です。春の生暖かい風が吹くある漆黒の真夜中に、僕はどうしようもなくいたたまれなくなり外に飛び出しました。僕の性器にはまだその時の傷があります。僕の肉体が消え失せるまでこの傷がなくなることはないでしょう。僕は非常にはかり知れない大きなものと交わりました。そしてそれを穢しました。母や家の者たちがやつれはじめたのはその頃からです。母があの木に斧を入れて落雷に打たれるはるか以前に、僕が呪いの糸を紡いでいたのです。

　僕はそれをどうしても言うことができなかった。けれど僕があの木との交わり以上に絶望的に満たされたことはありませんでした。体の芯が赤黒く熱い血で満たされ、僕の存在が消滅するかのような感覚を覚えました。その日から僕はもはや何も考えなくてよくなったのです。巨大で圧倒的な力が自分を満たしたのですから。それはこの救いようのない無力な存在にこの上なく深い安堵を与えると同時に、自己の非力に対する激しい憎悪をもたらしました。僕はこの卑小な自己をなお捨てることができなかった。それは僕にとってあまりに大きすぎる出来事でした。僕はその抗しがたい妖力に屈して静かに目を閉じました。そして僕の呼吸をその木の脈動にゆっくりと合せたのです。それ以外僕に何ができたでしょうか。

　その時、瞼の奥のあまりに深い出口のない闇に一瞬橋が架かったのです。僕の背後に白い土地への橋が架かったのです。その夜から、僕はその橋が壊れないようにずっと支え続けてきました。あの木のもとを去り、あの橋が見えなくなったあとも、僕はその残像を大切に愛しむことに尽力してきたのです。それは僕にしかできないことでした。しかし僕はもう一度、あの橋を正面から見たいのです。白日の太陽のもとに、目を見開いて、あの橋をじっと見たいのです。この強欲をどうかお赦しください。ですから今日の授業はこれでお開きにいたします」

　わたしはなぜ、あのとき膝をぐらつかせながら懸命に答えたのでしょうか。あの寒々しい大教室で、背後の聴衆に向かって、わたしは足をぐらつかせながら必死で声をあげました。わたしの声は震えていました。わたしは怖かった。わたしの前に何があるのか一寸先も見えなかった。わたしの目の前はあまりに明るく、何も見定めることはできなかった。あの時、わたしの前に立ちはだかったものは何だったのですか。わたしを何より恐れさせたあの光の中にあるものは何だったのですか。あなたは知っているのですか。わたしにはわかりません。けれどわたしは正しいことをしました。わたしはあなたを待っていた。ずっと、ずっと、とてもながいあいだ。

シオンの国に行けた稀なひとびと

わたしのお気に入りのシオンの国の精神科医は「睡眠、運動、朝散歩！　これさえすれば、すべてが治る！」と豪語する。

ほとんどの人はそれでも病気は治らなかったが、それをすると本当にすべてが治る稀なひとびとがいた。そのひとびとは言った。「ああ、今日もよくよく眠れた！　朝は散歩だ！　快腸、快便。うんちもしっかり出て気持ちいい！　このままだったら、一〇〇歳まで生きられそうだな！　壮快、壮快！　感謝、感謝！」

「こんなやつら、もう何にも役に立たないんだから、殺してしまえ。こんな元気ばかりがいい、じいさんばあさんがいたって、何になるんだ？」どこからともなく、不穏な声が聞こえた。

シオンの国の神様は言った。「そのひとびとは、もうアルカディアにいるのだ。
その幸せを奪ってはならない」

じいさんばあさんは涙を流して喜んだ。「さすが、シオンの国の神様だ。わたしたちは、こうして快腸、快便になるまでに、ながーいながーい時間がかかったことをご存じなんだ。そのむかし、病気で早死したことも、獣に食べられたことも、飢餓で死んだことも、戦争で死んだことも、地震で死んだことも、津波に飲まれたことも、切腹したことも、怨恨で殺されたことも、失恋で憤死したことも、毒殺されたことも、山で滑落したことも、火事で死んだことも、凍死したことも、溺死したことも、リンチされたことも、強殺されたことも、強姦されたことも、電車に飛び込んだことも、交通事故に遭ったことも、転んで首を折ったことも、食べ物を喉につまらせて窒息したことも、あったんだよ。こう見えて、じつはね」

「どうやって、その困難を乗り越えたのですか？」若い人たちが尋ねた。その人たちは悩みを抱えていた。

「わすれたんだよ」じいさんばあさんは言った。

「嘘だ、わすれられるわけがない！」若い人たちは怒りをとおりこして、あきれかえった。

快腸・快便のじいさんばあさんは、若者があきれているのを微かに感じたが、もはやそんなことはどうでもいいというくらいに歳をとっていた。これがまさしく、このじいさんばあさんが達したいと思っていた境地だった。

「ついにここまで来た」じいさんばあさんは夢のなかでそう言った。でも目が覚めたら、その言葉はあとかたもなく消し去られ、忘れ去られた。

命の焔は、静かに燃え尽きようとしていた。

「僥倖だ、僥倖だ」シオンの国の神様は高らかにそう歌をうたった。

千々につづく世のために　二〇二〇年　九十八歳で逝去した千代子に捧ぐ

神を信じない男

なるちゃんは神を信じない男だった。彼の父も神を信じていなかった。わたしは昔からどうしてなのだろう、それは困ったものだな、と内心思ってきた。わたしは宗教には入信しない主義だが、人間にとって内なる神を信じることは重要だと思ってきた。なのであるとき、なぜ神を信じないのか直接なるちゃんに訊いてみることにした。

「だって、神を信じたって、願いをきいてもらったことないし」

そんなことないのになと思ったし、そもそもわたしと結婚している時点でかなりラッキーなのにな、と感じたが、まあなるちゃんがそう思うなら仕方ないかと思い、わたしは続けた。

「じゃあアメリカには、くしゃみをすると『ブレスユー（あなたに神の恵みを）』という人と、『ゲズントハイト（あなたによい健康を）』という人がいるけど、どっちがいいと思う？」とわたしは尋ねた。

神を信じないなるちゃんは、「そんな小難しい習慣を押しつけてくるくらいなら、何も言わない」と答えた。「ああ、そうか、なるほどね、そういう考えもある」とわたしは思った。

I have a dream

日本の、翔んでいる埼玉の地に、神を信じる女と神を信じない男が住んでいた。

その女は真希という名前で、その男は成斗という名前だった。

真希には夢があり、成斗には野心があった。

真希という世界一不遜な女は、世界を救う夢を見た。それはすなわち「新しい倫理をつくる」という夢だった。

成斗という世界一謙遜な男は、その世界一不遜な女を喜ばせたいという野心をもっていた。

I have a dreamなのか、We have a dreamなのか、つまり、その女と男は、同じ夢をみているのか、どうなのか、一緒になったときはまだ分からなかった。

無神論者との論争　長い年月で

「なるちゃんは、なんで神を信じないで生きていけるの？　なんで心の支えがないのに、そんなに安心して生きていけるの？」

「むしろ神を信じて、安心して生きている人の気がしれないよ。私は神様に望みを叶えてもらったことなんてないし。失望したくないんだよ、つまり勝ち馬ちゃんに乗りたいだけ。私以上に、勝ち馬ちゃんに乗ることを求めている人間なんていないよ」

「なにそれ、わたしだって勝ち馬ちゃんに乗りたいよ。わたしだって人生の勝ちに飢えているよ」

「私のは、真希ちゃん以上のものだよ」

「じゃあ、それ神様にお願いしてみたら、どう？」

「それは無理な話だな。それに第一、世の中を見てみると、神を信じている人たちが、一番大量虐殺しているじゃない。あれっていうのは、神の是認を得たと勘違いしているんだよ。そんなものは虚構だよ。私はそれだから、神は信じない」

「わたしは違うよ。わたしはそんな人じゃない」

「真希ちゃんは、特別なの。神を信じている人たちは、他人の言葉を無視して、押し付けてくるじゃない」

「わたしは違うよ。わたしはそんな人じゃない」

「真希ちゃんが信じているのは、本当は神じゃないんじゃないかな」

「じゃあ、何だと思うの？」

「宇宙とか」

「うん、確かにわたしは宇宙は信じているけど、でも自然科学はそれほど重要だとは思っていないよ」

「かわってるね、なんで？」

「科学は、普遍性、再現性、実証性、つまり一度あったことが、どこでもいつでも再び起こるという前提に立っているけど、私はこの世でただ一度しか起こらないことを信じているから」

「さすが、宇宙を美学する人は違う。ただ一度しか起こらないことって、例えばどんなこと？」

「わたしとなるちゃんが結婚したこととか」

「なるほど、真希ちゃんはロマンチストだね。まあ私の気持ちが分かりたければ、ニーチェでも読んでみたらどう？」

「ニーチェなんか、全然参考にならないよ。だって、ニーチェは狂って死んだんだよ。だから無神論が有神論に屈したことの証だよ。神を信じないと、気が狂うってことが示されたんだから」

「私は大丈夫だけど、つまり私は狂わないし死なないしということだけど」

「なるちゃんは、特別なの。なるちゃんは神を信じたくないということは分かったよ。じゃあ、死後の世界や霊魂の世界は信じるの？」

「死んだら一巻の終わりだよ」

「一巻ていうくらいだから、二巻、三巻と続くと思っているの？」

「分からない。でも私は、いつも神社で祈るときは、どうか命だけはお守りくださいって祈っているよ」

「神！」

「ちがうよ、神社だよ」

「屁理屈！」

「ちがうよ、真希ちゃんのほうが異常だよ。ただの建造物見て、神を感じるんだからね。その才能、大切にしたほうがいいね」

「世界のほとんどの人は、わたしと同じ才能をもっているよ」

「いや、真希ちゃんの信じているものは神ではない。もっと自然的、生命的、地球的なものだよ」

「わたしはその自然的、生命的、地球的なものを、神って呼んでるんだよ」

「真希ちゃんは、自分に愛があることを知らないんだよ」

「それ、どういう意味？　なるちゃんには愛はあるの？」

「まあ、言いにくいけど、あるね」

「ごめん、愚問だった」

「真希ちゃんはさ、最近、新しい倫理をつくるってしきりに言っているけどさ、その新しい倫理をつくったら、必ずそこからあぶれる人がいるんだよ。真希ちゃんの正義は、誰かの不正義だよ。それでもいいの？」

「なるちゃんは優しいね、わたしはそんなことどうでもいいと思っているよ」

「そんなんだったら、真希ちゃんはみんなに吊るしあげられるよ」

「それは仕方ないんじゃないの。吊るしあげられても仕方がないということだよ」

「勇気あるね。新しい倫理っていうくらいなんだから、今までの預言者たちのダメなところをまねちゃだめだよ」

「そんなこと言ったって、わたしはそんなひとたちにそもそもかなうわけないし、わたしが目指しているのは預言者になるなんて大げさなことじゃないよ」

「真希ちゃんは謙虚だね。でもそういう謙虚さゆえに、その新しい倫理からあぶれる人がいるんだよ」

「わたしはわたしの周りの人が救われれば、それでいいよ」

「私はいじめをゼロにすること、つまり何もあぶれない世界というものを目指しているんだよ」

「なるちゃんは優しいね、でもそんなの無理だよ」

「そうかな、真希ちゃんは、もっと大きなこと目指す女だと思ってたけど」

「そんなことないよ、わたしは究極のところ、なるちゃんを幸せにできればそれでいいと思ってる」

「それはわかってる。私も究極のところ、真希ちゃんが幸せならそれでいいと思っている」

「ねえ、なるちゃんは生まれ変わったら、もういちどわたしと一緒になってくれる？」

「生まれ変わるかはわからない。でも今、一緒にいるということは、永遠に一緒にいるということだよ」

「新しい倫理」とは何か　年月日不明

真希ちゃんの夢みる世界。それはみんながみんなの心を読めるような世界。みんながみんなに対して「わたしはあなたのこと、よーく分かってますよ」といって目くばせする世界。みんなの瞳をみると、わたしの物語が刻まれている。そしてわたしの瞳を鏡でみると、みんなの物語が刻まれている。みんながみんなの魂の使命を知っている世界。わたしの使命をみんなが知っているように、みんなの使命をわたしが知っている。あなたの使命をわたしが知っているように、みんながあなたの使命を知っている世界。そうすれば、誰もが愛をもってみんなに接することができるはずだ。

「魂の使命ってなーに?」成斗は真希に尋ねた。

「ずーっと昔から、その人、その動物、その自然がもっている意志だよ」真希は答えた。

「それはいわゆる前世っていうこと?」

「そんなあさっぺらな言葉で説明したくない。私が言いたいのは、死んでいても、生きていても、意志はずーっと生きている。だから死んでいても、生きていても、大差はないということだよ」

「そうなの?」成斗は驚いた、いや、驚いたふりをしただけかもしれない。

「なるちゃんは、なるちゃんの死んじゃったお父さんが、すぐそこにいるような気がしない?」真希は成斗の顔を覗き込むように尋ねた。

「うーん、どうかな。そうであるような気もするし、そうでないような気もする」

「わたしは、死んじゃったおばあちゃんも、死んじゃった猫のいっちももっちも、みんな近くにいるように感じるよ」真希は答えた。

「じゃあ、そこにはどんな新しい倫理があるの？」

「こういう世界では、もう時間なんて関係なくなるの。過去も未来も関係ない。人は過去も未来もすべて、今日この日に感じることができるんだよ。死んじゃったおばあちゃんや猫が、すなわち過去が、今、ここにあると思うようになるんだよ。そしてこれから経験する未来も、今ここにあると思うようになる。こんな世界では、もう倫理なんて必要ないのかもしれないね。それが新しい倫理だよ。倫理が必要ないくらいに、過去と未来が見渡せて、そしてそれだからこそ愛にあふれた世界になるんだよ。みんながみんなの意志を知って、尊重する世界。みんなが互いに愛しあう世界。みんなの意志が、まるで自分のもののように感じられる世界だよ。そんな世界になったら、もう末世で、みんながもう世界が終わってしまうのか？と怪訝に思うんだけど、ああ、実際には終わらなかった、よかったよかった、それはみんなが『倫理』を守り抜いたからだよ、と神様からついに是認される世界だよ」

「それは尊大で、壮大な夢だな。でもそれ、夢物語じゃないの？」成斗は真希に尋ねた。

「いや、これは夢じゃない。今、これが現実のものになろうとしている」真希は成斗に答えた。

「本当？」

「本当だよ」

無神論者との食卓　二〇一九年四月十四日

真希はその日、すばらしい夢を見た。成斗と真希は、翔んでいる埼玉の綺麗なマンションにいて、そこに大きな水槽がある。本当に大きな金色のフナをひろってきて、その水槽に入れた。そうしたらいつのまにか三匹、金魚が生まれていて、その子たちに餌を上げた。するとメダカみたいな小さな赤ちゃんがそこからたくさん生まれた。

そのあと真希は成斗と一緒に食事をした。おいしそうなシチューだった。その上に目玉焼きを乗せて、二人で食べた。そして成斗がもらってきたのか、マグロやアジャサバみたいな魚介の塊がいくつもある。真希は食べ切れず、成斗がいくつかもらってくれた。魚は真希と成斗だけでは食べきれないほどにどんどん増えていった。

そうして真希は起きた。ああ夢だったのかと驚くぐらい、リアルな夢だった。

無神論者は時計を買ってくれた　二〇二〇年三月十一日

真希はそのとき、病魔に侵されて「時」を失いかけていた。がんと診断されたと同時に、大切だった時計をなくしたのだ。その時計は、真希にとってはとても高価なものだった。真希は、ああついに命運が尽きたのか、自分は死ぬのか、自分は時を失うのか、と自問し、途方にくれた。

そのとき、夫の成斗が、今までと同じ時計を真希に買ってくれた。真希はそれで「時」を取り戻すことができた。

真希の母は泣いて喜んだ。「なるちゃんがやさしくて、あなたはそのことに気づけて本当に幸せ。普通の生活だったら、なるちゃんのやさしさは普通にしか感じられないけれど、こんなとき、なるちゃんのやさしさを何倍にも感じられるから」

二〇二〇年三月十一日、宮城県の震災メモリアルに虹が架かった。

「なんで時計を買ってくれたの？」真希は尋ねた。
「いい世には、時計があるからだよ」成斗は答えた。

若くして死んだ成斗の父親の口ぐせは、「いい世には、必ず時計があるから、今を大切に生きなきゃ」だった。いい世には、だからいつも時計があった。人はだからこそ死に、そして生きた。

無神論者から虹の写真が送られてきた　今日この日

今日この日、真希は虹を見た。

そしてこの日に仕事に行っていた無神論者の成斗からも虹の写真が送られてきた。成斗の写真は九十度ひっくりかえっていた。でもそれは真希が見た虹と同じ虹だった。

「きれいな虹だね。わたしも同じ虹を見ていたよ」真希は成斗にメールした。

「ひっくり返っているけどね。今日はたぶんいい日になるよ」成斗は答えた。

「今日……」真希は思わず感嘆のため息をついた。

「そう、私たちが生きている、今日この日。私たちが同じ夢を見ている、今日この日だよ」成斗はめずらしく興奮した。

「ああ、わたしたちは結局、同じ夢を見ていたんだね」真希は感涙し、成斗は笑った。

著者について――

加藤有希子（かとうゆきこ）　一九七六年、横浜市に生まれる。現在、埼玉大学大学院人文社会科学研究科准教授。専攻は美学、芸術論、色彩論。主な著書に、『新印象派のプラグマティズム――労働・衛生・医療』（三元社、二〇一二年）、『カラーセラピーと高度消費社会の信仰――ニューエイジ、スピリチュアル、自己啓発とは何か？』（サンガ、二〇一五年）などが、小説に、『クラウドジャーニー』（二〇二一年）、『黒でも白でもないものは』（二〇二三年）、『オーバーラップ――飛行あるいは夢見ること』（二〇二三年、いずれも水声社）などがある。

装幀——滝澤和子

漆黒・桎梏

二〇二四年九月三〇日第一版第一刷印刷　二〇二四年一〇月一〇日第一版第一刷発行

著者——加藤有希子

発行者——鈴木宏

発行所——株式会社水声社

東京都文京区小石川二—七—五　郵便番号一一二—〇〇〇二

電話〇三—三八一八—六〇四〇　FAX〇三—三八一八—二四三七

［編集部］横浜市港北区新吉田東一—七七—一七　郵便番号二二三—〇〇五八

電話〇四五—七一七—五三五六　FAX〇四五—七一七—五三五七

郵便振替〇〇一八〇—四—六五四一〇〇

URL : http://www.suiseisha.net

印刷・製本——モリモト印刷

ISBN978-4-8010-0821-2